KB107088

마음에 새기고 싶은 茶名句

365일 하루 한 가지씩 읽는 차명구

당신은 정말 소중한 사람입니다.

감사한 마음을 담아

____________________ 님께

____________________ 드림

마음에 새기고 싶은 茶名句

365일 하루 한 가지씩 읽는 차명구

차샘 최정수

해조음

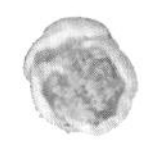

차에 대한 교훈을 담은 수진본

차생활(茶生活)을 통해 평소 마음속 깊이 간직해두고 싶은 생각들을 그때그때 옮겨두었다. 그리고 참으로 다양하게 심혈을 기울여 표현하고 싶었다.

이제 「유다백송(幽茶百頌)」에 이어 두 번째 「다훈집(茶訓集)」이다. 이번엔 손 안의 책인 수진본(袖珍本)으로 엮어 차에 대한 교훈들을 조심스럽게 담아 보았다.

그동안 다서(茶書) 출판에 도움을 준 문도생(門徒生) 모임인 '홍익다도(弘益茶道) 사범회' 다하 장신옥 회장님을 비롯한 각 차회장님과 사범님, 그리고 해조음 출판사 이철순 사장님, 제자로서 편집에 힘써준 다설 배현진 사범님과 다해 김보람 사범님, 또한 이제껏 수고를 아끼지 않은 인연 있는 주변의 차를 사랑하는 분들께도 진심으로 고맙다는 말씀을 드리고 싶다.

아무쪼록 다계(茶界)와 다중(茶衆) 여러분의 많은 사랑을 기대해 본다.

弘益齋에서

단기4350년(丁酉年, 2017) 3월 10일

행복 바이러스가 듬뿍 담긴 다훈집

우암 **김원중**(한국문인협회 고문 · 포스텍 명예교수)

나는 한때 속담 모으기를 좋아하였다. 해외여행을 즐겼던 지난 시절, 그 나라에 가면 속담 수집에 열을 올렸던 적이 있었다. 몽골 같은 나라에 가서는 일부러 속담을 수집하여 논문까지 쓴 적이 있다.

얼마 전에는 아프리카에서 수집한 속담으로 시를 써서 발표하였다. 그러다가 최근에는 사자성어(四字成語)의 매력에 빠지기도 하였다. 사자성어는 원래 한자로 구성되어 있었는데, 어느 날 '하면 된다'라는 한글 사자성어에 매료되기도 하였다.

얼마 전 차샘 최정수 원장을 만났더니 「다훈집(茶訓集)」이라는 이 원고를 줘서 받아 읽었다. 평생 차에 대한 연구와 교육에 열정을 바친 최정수 원장이 차를 연구하고 교육하면서 얻은 또 하나의 열매가 이 「다훈집」이라서 무척 반가웠다. 그리고 '좋은 속담, 좋은 경구, 좋은 문장 하나하나가 저절로 얻어지는 것이 아니구나'하고 나 혼자서 감탄하였다.

"차는 반만 따르고 반은 그대의 정(情)으로 채우

게.", "책은 사람의 마음을 지켜주고, 차는 차인의 정신을 지켜준다.", "현명한 차인은 기쁨과 슬픔에도 평정심을 잃지 않는다.", "다도는 생활 속에, 차정신은 실천 속에, 마음 모아 다도정신, 손길 모아 접빈의식, 차인은 남에게 보탬이 되는 사람이어야 한다."

몇 개의 다훈을 여기에 소개해 보아도 차샘 최정수 원장의 인생철학을 잘 알 수 있다. 살아가는데 얼마나 도움이 되는 교훈들인가. 단지 차인에게만 해당되는 필요한 다훈이 아니다. 누구나 읽고 마음에 새기면 교양이 되고 수양이 되는 다훈들이다. 나는 「다훈집」을 읽으면서 부끄러워지기도 하고 많은 반성을 하였다.

다행히 「다훈집」을 책으로 발간하여 주변에 널리 알리겠다고 하니 오랜 지우(知友)인 나로서는 반가움에 그냥 있을 수 없어서 '추천의 글'을 몇 자 적어보는 것이다. 모처럼 출간하는 「다훈집」이 차를 사랑하는 다인들 뿐만 아니라 일반 독자들도 읽고 나처럼 행복바이러스를 듬뿍 받아보는 기쁨을 누리기 바란다.

차나무茶樹의 세계

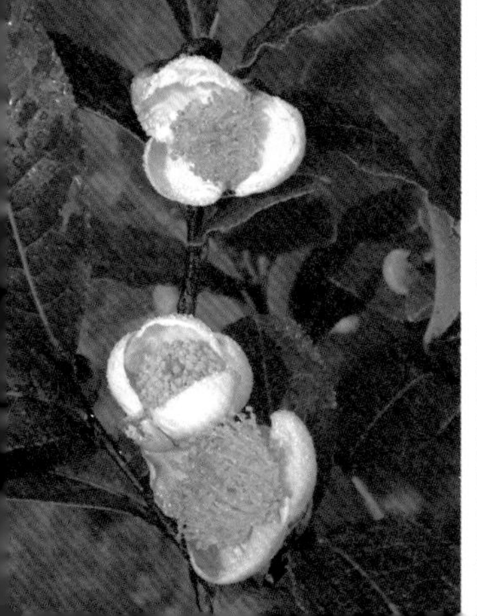

정성이 담긴 茶 한 잔은
삶의 좋은 선물이다

차샘 글을 혜정 쓰다

茶人戒

여태껏 세간의 일에만

집착했던 자신을 내려놓고

다도(茶道)로 이다수신(以茶修身)하여

심신(心身)을 정화(淨化)하며

홍익차인(弘益茶人)으로서

다심(茶心)을 실천하는

삶이 되기를 간절히 기원함

사단법인 한국홍익茶文化院

이사장 차 샘 崔 正 秀

茶修頌

차반수득 홍익다도 마음두니 시작일세

차정신을 얻기까지 초심들을 잊지마오

차의맛이 좋은것은 차덕주의 정성이요

차한잔에 이다수신 맑은사회 이룩하네

차생활로 다져지는 밝은성품 무르익고

차문화로 덕행이뤄 일체다심 키워내네

차의묘미 영원하여 일류속에 향기되고

차나무의 천지기운 사시사철 베풂되네

차꽃속의 오상고절 청정차인 표상이며

차선통한 일념으로 끊임없이 정진하세

차샘 崔正秀 茶拜

▲'수류화개' 도원 이창호 作

다훈 365
茶訓

01 차인은 365일 본분을 다해야 한다.

02 차정신이나 다훈茶訓은 차인들에게 마음의 고향과 같다.

03 **차인**은 드러나지 않는
생활마저도 타인에게
귀감이 되도록
맑고 깨끗하며 향기로워야 한다.

04 **차**는 마음을 따뜻하게 하는
신비의 **묘약**妙藥이다.

05 **차**와 **사랑**에 빠지면
차의 맑고 고운 얼굴이
비로소 살아서 보인다.

06 자랑스럽고 심오한
차문화의 미학은
수행修行이요
아름답고 행복한
삶의 미학은 사랑이다.

07

차의 생명줄은

차정신에 있고

차인의 생명줄은

인간미에 있다.

08

건강한 차인의

모든 생활에는

차정신이 녹아 있다.

09 다도는

선비의 정신이요

선비문화의 서정시다.

10 녹차의 녹심綠心은

물水을 오르게 하고

열火을 내리게 하므로

건강에 좋다.

11 **차정신**은
자연의 숨결이 살아 있어
수행의 **의지처**로
삼기에 충분하다.

12 차정신 배양이 가능한
녹차는
예로부터
선비정신 가득한 차문화요
선비들이 사랑했던 차문화다.

13 녹차는 살아 있는
자연의 차로
하늘과 땅이 준
최고의 선물이다.

14 다도茶道란
삶의 여유를 찾아가는
성스러운 길이다.

15 차인은
차를 통해
덕스럽고
성스러운 삶을
살아야 한다.

16 차인이란
차와 차문화를
잘 아는 사람이다.

17 차인의 시선은 따뜻하게

눈동자는 반짝이게

가슴은 뜨겁게

마음은 포근하게

정신은 영롱하게 해야 한다.

18 현명한 차인은

기쁨과 슬픔에도

평정심을 잃지 않는다.

19 행다를 할 때

다사茶事의 행위도 중요하지만

다사의 과정을 통해

정신을 다스리는 것을

더 중요시 한다.

20 차인은 마음의 평정을 얻어

세상유정世上有情을

한가로이 관조하는

여유 정도는 있어야 한다.

21 차인은

외적으로는 자연스러운 행다를

내적으로는 차학적 이론을

마음으로는 정신적 **차혼**茶魂을

가져야 한다.

22 좋은 차

한 잔은

영혼을 살찌운다.

23 차인의 으뜸 덕목은 고요함이다.

24 차인은 차를 통해 영혼을 윤택하게 해야 한다.

25 다도를 통한 수행은
각성의 생활을
목적으로 한다.

26 행다는
정중동靜中動으로 말하고
차인은
인품人品으로 말한다.

27 차생활은
맛과 멋과 슬기를
찾는 삶이다.

28 차는
그윽한 향기로 말하고
차인은
건전한 차정신으로
말한다.

29 **차인** 곁에
차 한 잔만 있으면
가는 곳마다 즐겁다.

30 **차**는 때론 다정한 친구 같고
고요한 **명월** 같고
아름다운 **시**詩 같고
전통적인 **판소리**와도 같다.

31 다론茶論의 바탕 속에 차수행茶修行이 융합되면 올바른 차문화가 된다.

32 차생활을 하는 것은 깊은 배려의 삶과 위로의 삶 자연인의 삶을 살기 위해서다.

33 차를 사랑하는 **차인**은
차 한 잔의 여유로
삶의 **지혜**를 배운다.

34 **차정신**으로
삶의 **뿌리**를
만들어가는 사람이
훌륭한 차인이다.

35

차인의 가슴에
살아 숨 쉬는
차정신이 없으면
다심茶心이 있을 수 없다.

36

차생활로 마음이 여유로워지면
가진 것만 헤아려도
만족할 줄 알며
가진 것만 사랑해도
행복할 줄 안다.

37 차인은

차정신으로

살아야 한다는 것을

잠시도 잊어서는 안 된다.

38 차는 평생을 곁에 두고

마음으로 마시고

마음으로 느끼며

마음으로 새겨야

차를 통한 올바른 수행이 된다.

39 소중한 사람에게
차 한 잔을 권하는 것은
차인으로서
너무도 큰 **행복**이다.

40 **차인**은
마음에 그림자가
없어야 한다.

41 차인에게 있어서 삶의 원동력은 차문화다.

42 차생활은 호기심의 대상이 아니라 자기성찰을 위한 실천의 대상이다.

43 차생활은

사치와 허영이 아니라

수행생활의 한 과정이다.

44 차인은

무엇보다 다도를 통해

덕을 배워야 한다.

45 차의 덕목에서

경이로움을

발견할 수 있을 때

훌륭한 차인이라 할 수 있다.

46 다도茶道란

생각하고 느끼고

깨닫는 것이다.

47 차 한 잔에도
영혼을 울리는 감동과
하늘을 우러르는 마음이
깃들어 있다.

48 찻일茶事을 할 때는
정성과 존경의 마음을
손끝에 실어
차를 우려야 한다.

49 **찻일**을 할 때
다기를 두 손으로 다루는 것은
공손한 모습이며
상대를 존경하는 태도이다.

50 **차**를 바로 알면
생활이 즐겁고
차인생이 **행복**하다.

51 **차공부**는 할수록 놀라움이고
차접대는 할수록 감동이며
차수행은 할수록 보람이다.

52 **차혼**茶魂은
가장 청정할 때 찾아오고
영감靈感은
가장 고독할 때 찾아온다.

53 누구나 사랑하는 사람 옆에
있기를 원하듯
차도
차를 사랑하는 사람 옆에
있기를 바란다.

54 차인은
도덕지심道德之心을
잊어서는 안 된다.

55 차인은 뜻 깊은 날

진다進茶나

헌다獻茶를 함으로써

더 큰 보람을 얻을 수 있다.

56 차인이

차복茶福을 얻기 위해서는

철저한 사전 준비가 필요하다.

57 차인에게 있어서 차는
평생의 벗이요
인생의 반려자다.

58 다도의 삼박자인
행다 · 이론 · 수행을
제대로 알고 갖추어야
차인답게 살 수 있다.

59 다도의 삼합론三合論인 행行茶과 이理論와 수修行가 있어야 비로소 다도완성으로 갈 수 있다.

60 다도의 근본은 인격완성에 있다.

61 **차인**에겐 차가 바로

생활의 향기요

수행의 향기요

자정自淨의 향기다.

62 **차인**이

차마음茶心을 경영하면

차복을 보장받을 수 있고

행복지수도 높일 수 있다.

63 다도의 얼을
수호하는 사람이
바로 차인이다.

64 차문화의 기쁨을
이어갈 줄 아는 차인이
진정한 차문화의 아름다움을
아는 차인이다.

65 차인의 꿈과 노력은
아름다운 전통 차문화의
가치를 높이는 데 있다.

66 진정한 다도는
마음속에 있다.

67 차인은
차문화 하나로
세상을 밝히는 사람이다.

68 차실에서 있었던 모든 일들은
차실에서 고스란히
묻어야 하는 것이
차인들의 철칙이다.

69 차인은
마음 다스림이 선행되어야
타인의 마음에
상처를 주지 않는다.

70 차인은
인격완성을 위한
수행자임을
잊지 말아야 한다.

71 올바른 차생활이야말로

차를 통해

심신에 자연을

가득히 채우는 일이다.

72 차인은

마음이

부자인 사람이다.

73 차인은 하루의 시작을
차마음茶心으로 하고
하루의 생활을 차마음으로
채워가고, 하루의 끝을
차마음으로 정리하는 사람이다.

74 차는
아무나 마실 수 있지만
차인은
아무나 되어서는 안 된다.

75 차인이 되고자 하는 사람이
사람의 도리를 저버린다면
진정한 의미에서
차인이 아니다.

76 차인에게
차정신이야말로
영혼의 연료와 같은 것이다.

77 **차인**에게
차는
생명의 **젖줄**이다.

78 **차인**은
생활의 안정보다
마음의 안정이 더 중요하다.

79 **차인**에게는
감정을 절제하는
냉정함이 있어야 한다.

80 **차실**은
지혜를 얻는 자리요
차생활은
지혜를 얻는 도구이다.

81 차문화는
하늘과 땅과
사람의 지혜가 함축된
고귀한 **문화유산**이다.

82 차문화에는
오래된 것을 사랑할 줄 아는
자연스러움이 배어 있다.

83 차인은

옛것의 아름다움을

소중히 간직하는

마음의 소유자다.

84 조상의 숨결이

담긴 차는

바로 자연을 닮은 녹차다.

85 차인은

차를 우리고 마시면서

겸허한 마음으로

안분지족安分知足을 배운다.

86 차생활을 하면

인정人情이

메마르지 않는다.

87 차인은

다도를 통해

마음속 하늘을

만날 수 있어야 한다.

88 차인의 삶은

차문화 공해公害로부터

자유로운가를

항상 살펴야 한다.

89 차인은
인생을 아름답게 가꾸면서
행복을 나눠주는 사람이다.

90 차인은
차문화에
꽃을 피우는 사람이다.

91 **차혼**이
충만한 사람이야말로
차문화계의
진정한 **지존**至尊이다.

92 **차인**은
차문화로
고뇌하는 사람이다.

93 **행다**는
어제와 오늘의 연결처럼
한 동작 한 동작을 이어가는
연결의 **미학**이다.

94 말은
자신의 인격을 나타내고
차생활은
차인의 **인품**을 나타낸다.

95 차인은 흔들림 없는

다수생활茶修生活을 해야

차의 의미도 살리고

수행정진修行精進도

할 수 있다.

96 차인은

차로 시작해서

차로 끝내는 인생이다.

97 차실은

인간에 대한 존중과 낭만

차향이 함께

존재하는 곳이다.

98 차인은

눈에서, 귀에서, 마음에서

오로지 차생각만 하는

사람이다.

99 **차인**에게 있어

몸의 행복은 머리에서 오고

가슴의 행복은

다심茶心에서 온다.

100 **다도**의 **도리**나

차수행의 진수는

항상 마음에 달려 있다.

101 차는 겸손으로 하고
예는 실천으로 하며
차생활은 미덕으로
해야 한다.

102 차인은
어려운 삶, 갈등의 삶
파행의 삶을
다도수심茶道修心으로
치유하는 사람이다.

103 훌륭한 차인은

차학식이 높고

인품이 뛰어난

사람을 일컫는다.

104 차인은

몸도 마음도 차를 원해야 하고

차나 차문화를 만나면

저절로 행복해지는 사람이다.

105 차인은

차 한 잔도 못하고 보낸 날은

그냥 하루를

낭비한 것만 같아

서운한 마음이 드는 사람이다.

106 다심茶心이 바르면

심로心路가 바르고

심로가 바르면

삶이 바르다.

107 인생의 진의眞意를 아는 사람이
차의 진의도 알고
차의 진미眞味를 아는 차인이
인생의 진미도 안다.

108 차인의 마음이 따뜻하면
차생활이 부드럽고
차정신이 훌륭하면
인생이 아름답다.

109 **차**를 음미하면 인생이 생각나고
인생을 음미하면
차가 생각나므로
차는 **인생 칠정**七情의
축소판이다.

110 **차인**은 차생활을 통해
스스로 아름다운 덕을 만들고
스스로 자유인을 만들고
스스로 자화상을 만든다.

111 인생 달관의 경지나
차인 성차成茶의 경지는
모두 같은 경지다.

112 예로부터 전통 차문화는
효孝 · 충忠 · 예禮 · 경敬
덕德 · 건健 · 수修로
가득하다.

113 차실은

정신문화와 아름다운

차마음茶心이 담긴

차문화의 도량道場이다.

114 차인은

다심茶心 밭을 가꾸기 위해

항상 마음의 문을 열고

차생활을 해야 한다.

115 **차인**은
겸양의 미덕을 잘 알고
실천하는 사람이다.

116 **차인**이 지키고자 하는
예의범절禮儀凡節은
바로 사람의 삶을 영위하는
중요한 **근간**이 된다.

117 차인은
최고의 자존심을
차문화에서
찾고 싶어 한다.

118 차인은
차를 생각할 때
차를 담아낼 때
차수행을 할 때
가장 즐겁고 행복한 사람이다.

119 **차인**은

차와 함께

삶을

즐길 줄 아는 사람이다.

120 **차**는 차인에게 있어서

삶의 깊은 **의미**이며

위안慰安이 된다.

121 차생활을 오래 하면
맑은 정精과
깨끗한 육肉을
만나게 된다.

122 다도는
차인의 행복이 해결되는
전통문화이다.

123 **차인**은
마음의 도리를
잘 실천하는 사람이다.

124 **차인**이라면
세상살이에서 엄습해 오는
고단한 삶의 무게를
차 한 잔의 여유로 녹일 줄 안다.

125 차 한 잔의 여유는
마음의 보약이다.

126 삶의 열정이 나를 만들고
한 잔의 다심이
나를 만들고
인내의 기다림이 나를 만든다.

127 차의 맛을

아는 차인만이

차문화에서

자유로울 수 있다.

128 훌륭한 차인은

보여주는

차문화가 다르다.

129 **차인**이란

몸과 마음과 세상을

맑게 하는 사람이다.

130 **차문화**는

인류의 미래를 위한

아름다운 **선물**이다.

131 차는
마음을 평안하게 하는
좋은 영약이다.

132 바른 차생활이
좋은 차인을 만든다.

133 차인은 마음의 문화공간이 넓어야 한다.

134 차인은 마음의 번뇌를 차로서 씻어낼 줄 알아야 한다.

135 **다도**는
솜씨보다
마음이 더 중요하다.

136 살아 있는 프로가 될 때
살아 있는 삶이 되고
살아 있는 다도를
할 수 있다.

137 현대인들이 좋아하는

차라 할지라도

전통의 얼굴인

차정신을 가지고 있어야 한다.

138 다수생활茶修生活이란

정진과 성찰에 있다.

139 **다례**茶禮의 기본은
인격존중에 있고
선차禪茶의 바탕은
절제에 있다.

140 **차인**은
절제의 힘이 있어야
불꽃같은 삶을 살 수 있다.

141 명선차瞑禪茶를 통해
차의식과 차혼을
불태우는 시절을 보내야
비로소 차의 가치를
가늠할 수 있다.

142 차인이 살아야
차문화가 살고
차문화가 돋보여야
차인이 산다.

143

차인은

차생활을 아름답게

차정신을 향기롭게

차인생을 슬기롭게 하기 위한

올바른 다도의 길을 가야 한다.

144

일상이

자신의 인생이듯

차생활은

곧 자신의 **분신**이다.

145 **차**의 밝은 전망은
차인에게 달렸고
차문화의 흥망성쇠도
차인에게 달렸다.

146 **녹차**를 마시면
다심茶心이
아름답게 자란다.

147 **진정한 차인**이라면
차가 없는 세상은
상상할 수 없다.

148 **차인**은
차가 마음이고
다심이 곧 **행복**이다.

149 **차**는

마시고, 먹고, 바르고, 붙이고

입고, 씻고, 칠하며

늘 우리 곁에 있어

어느 것 하나라도 버릴 것이 없다.

150 **차**를 함께 마시는 것은

일체감을 의미한다.

151 차에 머물지 않으면
차신茶神은 떠난다.

152 차문화는
생명 소통의
기본요소를 잘 갖추고 있다.

153 차인이

차 나이를

먹는다는 것은

차를 알아가는 과정이다.

154 행다의 시작은

예와 정성이요

차인의 기본은

겸손과 인격이다.

155 **차인**은
차생활의 신념인
최상의 기준을
차정신에 두어야 한다.

156 **찻일**茶事은
자신을 표현하는
차시간을 의미한다.

157 **차인**은
차를 통해
함께 사는 법을 배운다.

158 **행다**를 할 때
섬세한 손동작은
두뇌를 **자극**한다.

159 차를 올바르게
사랑하는 차인은
살아 있는 차인이고
차를 가볍게 여기는 차인은
죽은 차인이다.

160 차인은 공인이므로
공사를 혼동하지 말아야 하며
사심을 떠나
공심으로 살아야 한다.

161 차인의 삶을

성장시키는 것은

생각이 아니라 실천이다.

162 좋은 차생활이

좋은 차인을 만든다.

163 차인의
훌륭한 언행은
모든 것을
압도하는 가치이다.

164 차인의
차마음이 따뜻해야
차맛이 따뜻하다.

165 **차인**은
자신을 닮은 차를 만듦으로
내면의 자신부터 알아야
차생활이 순조롭다.

166 **차**를 소중히 하면
차도 우리를
소중한 차인으로
만들어 준다.

167 다도는

정신수행과 교양교육 등
복합문화를 품고 있어서
사회의 정신적 분위기를
압도하는 전통문화 콘텐츠다.

168 차인이 실력 외에

갖추어야 할 것은
정해진 규칙을
잘 따르는 것이다.

169 전통다도는
수행을
최고의 덕목으로 삼는다.

170 차문화는
세상에 기여할 수 있는
문화융합의
조화로운 생명체이다.

171 행다의
최고 재료는
정성과 마음에 있다.

172 차인의 생활에는
차가 있어 행복하고
마음속엔 차혼이 있어
감사할 줄 알아야 한다.

173 차를
아는 것은
인생을 아는 것과 같다.

174 차인은
마음이 시킨 것 중에서
가장 고마운 것으로
차를 얘기할 수 있다는 사실을
알아차려야 한다.

175 마음의 허전함이나
마음의 깊은 상처를
차로 어루만져 주면
인생이 달라진다.

176 차를 위해
삶을 꾸리지 말고
삶을 위해 차를 하는
차인이 되어야 한다.

177 차인은
조금이라도
덜 부끄럽게 살아야 한다.

178 차의 중심은
사람이요
차의 종착역은
마음이다.

179 차인의 인품 중에는
인내가 차지하는
범위가 매우 크다.

180 다도란
건전하고
행복한 삶으로 가는
지름길이다.

181 차인이
양심을 저버리면
죽음보다 못한 삶이 된다.

182 차인이
겸손과 공경의
덕목德目을 갖추면
이미 부자다.

183 마음속에
차가 존재할 때
차향기가 피어난다.

184 차인 사이에서
정직하지 못하면
이미 죽은 관계이다.

185 **차문화**는

차인의 영혼을 살찌우는

차원 높은

정신문화이다.

186 **차**에는

차인의 혼이 담겨 있어

홀로 차를 마시면

자신의 모습이 보인다.

187 차는
음양의 조화 없이
생기를 품지 못하고
정화되지 않은 차는
생명을 불어넣지 못한다.

188 다도의
기본 정신은
덕悳이다.

189 기초를 무시한 다도는 사상누각沙上樓閣과 같다.

190 다도가 힘들 때

차를 더욱 가까이 해야 하고

차는 매일 꾸준히 해야

감感이 잡힌다.

191 기능형 교육에서
인간형 교육으로
다도를 바꿔나가야 한다.

192 무대의 행다시간은
길어도 안 되고
짧아도 안 되므로
반드시 규정된 다법茶法을
잘 준수해야 한다.

193 차인은
지조와 의리
인내가 생명이다.

194 차인은
부드럽고
배려 깊고
따뜻한 사람이어야 한다.

195 실천行은

차인의

굳은 약속이다.

196 차인은

차 하나로 행복을

만들어가는 사람이다.

197 차생활은

힘을 키우는 것이 아니라

정신을 키우는 것이다.

198 차를

올바르게 다루는 것은

차인의 인격이다.

199 차를 하면
눈도, 귀도, 코도
입도, 몸도, 마음도
전부 다多 즐겁다.

200 차인은
모든 일에서
시작도 훌륭하고
중간도 훌륭하고
끝도 훌륭하도록 해야 한다.

201 차인이
다심茶心을 잃으면
즐길 수 있는
마음의 여유를 가질 수 없다.

202 차는
자연의 기운을 주고
차인은
심리적 기운을 준다.

203 차인이 갖고 있는
유일한 가치는
차정신이다.

204 차인에게
차생활은
작은 실천이다.

205 열정을 갖고
차를 잘 아는 것만으로도
능력이 될 수 있다.

206 차인의 마음 바탕엔
차사랑이
깔려 있어야 한다.

207 차의 힘이

건전한 정신을 만들고

다도의 힘이

향기로운 차인생을 만든다.

208 누군가와

차를 함께 마실 때

다른 어떤 것보다

가까워지는 것을 느낄 수 있다.

209 **차문화**가
우리에게 주는 **선물**은
건강한 삶에 대한 **보상**이다.

210 일상 속에서
차문화와 함께
사는 사람이
곧 **차인**이다.

211 차는 대인관계에서 연결고리 역할을 한다.

212 차인의 필수덕목은 이다수신以茶修身에 있다.

213 **다도**는
스스로를
다스리는 **정신문화**다.

214 **다도**는
먼저 자신과 소통하는
정서문화다.

215 지구에서 물은
생명을 의미하고
다도에서 찻물은
깨달음을 의미한다.

216 차의 본질은
성찰과 접대와
소통이다.

217 차를 하면
정신과 육체를
깨끗이 할 수 있어
몸과 마음이 병들지 않는다.

218 다도의
궁극적 목표는
마음의 만족감을
얻기 위함이다.

219 차인은
새로운 삶과 가치에
열정을
기울이는 사람이다.

220 차문화는
유형무형의
지식문화산업이다.

221 차인에게
예절은
삶의 미덕이다.

222 차인에게
차는 생명의 근원이며
예절은
차생활의 미덕이다.

223 차인은
양심의 대명사가
되어야 한다.

224 차인은
끝없는 노력으로
차이론에
걸림이 없어야 한다.

225 **차**는
긴장이 아닌
이완이다.

226 **행다**는
손으로 보여주는 **예술**이요
손으로 전하는
절제된 **예법**이다.

227 **차인**은

차 접대를 할 때

문화와 예절과 차를

동시에 내놓아야 한다.

228 **윤리**는

다도의 **뿌리**요

예절은

차문화의 **꽃**이다.

229 차문화는
나눔의 지혜를
배우는 문화이다.

230 행다는
행위를 위해 몸으로 익히고
이론은 덕성을 위해
정신으로 익힌다.

231 차인은
다심茶心을 붙들어야
참다운 차공부가
완성된다.

232 차문화는
소중한 나를 만드는
문화이다.

233 마음으로
소화하는 것이
다도茶道이다.

234 차인이 건강하면
차가 건강하고
차가 건강하면
차인이 건강하다.

235 차는
우리의 인격을 만들어주는
참스승이다.

236 사람이 차를 만들지만
차가 만든 사람이
더 많다.

237 차는 겸손으로 하고
예는 실천으로 하며
차생활은 미덕으로 한다.

238 차 속에는
사람의 마음을 건너는
길이 있다.

239 **차인**은

꽃보다 예절이요

예절보다

차마음茶心이다.

240 홀로 하는 **차**는

마음의 **산책**이다.

241 **차생활**이란
어두운 마음을
맑게 닦아주는
수기생활修己生活이다.

242 **차생활**이란
문화를 즐기며
차유산茶遺産을
빛내는 생활이다.

243 차생활이

어렵지 않으면

수신다도修身茶道가 아니다.

244 차인에게

이론은

내면의 자부심이다.

245 차인에게
가장 따뜻한 이름은
가슴으로 마음으로 마시는
녹차이다.

246 어떤 이유에서든
삶을 포기할 수 없듯이
차인은 차와
차문화를 포기할 수 없다.

247 차인이
차문화로 무장하면
앞길이 순탄하다.

248 차인은
차문화에서
사람의 도리를 배운다.

249 차인은
평생 덕을 기르고
업을 닦는 사람이다.

250 진정한 차인이라면
아름다운 사람들의
반열에 올라야 한다.

251 차인은
삶의 가치를
인간미와 차에 두고 있다.

252 차문화는
천지의 기운을
온전히 간직한 문화이다.

253 **차**는 자기 자신과
사회와 인류를 위해
윈 · 윈 · 윈으로
공생共生하는
정신음료이다.

254 농부의 보석은 들에 있고
어부의 보석은 바다에 있으며
차인의 **보석**은
차마음에 있다.

255 차인의 행동을 보면
도덕과
삶의 척도를 알 수 있다.

256 차생활을
안으로 기뻐하면
차를 어느 정도
깨달은 차인이다.

257 **차**는
인간의 문화와
삶을 담아내는
생명체이다.

258 **차생활**을 하면
망중한忙中閑이 생기고
망중한이 생기면
내면의 성찰이 가능하다.

259 차는
정화淨化를 바탕으로 한
정신문화다.

260 다도는
예禮와 도道로 구성되는
실천 학문이다.

261 헌다獻茶는
염원하는 마음이
중요하다.

262 차인은
차문화의 모든 혜택을
사람들에게 골고루
나눌 줄 알아야 한다.

263 차를 잘 하면
멋진 사람도 되고
좋은 차인도 된다.

264 행다의 마지막은
정성이요
다도의 마지막은
정신이다.

265 차인에게
차정신의 높이가
바로 삶의 높이다.

266 한국인에게
차는 삶의 역사요
한국다도는
정신생활의 산물이다.

267 차인은
차문화가
머리와 가슴속에
꽉 차 있어야 한다.

268 차인은
모든 근심과
걱정이 사라지는
차생활을 해야 한다.

269 **차문화**는

오랜 시대를 압축한

전통문화이다.

270 **차인**은

차를 통해

행복해지는

차생활을 해야 한다.

271 차인은
탐욕의 삶이 아니라
차정신의 삶을 살아야 한다.

272 차는
마음을 열게 하는
공통언어이다.

273 차 한 잔의
나눔에는
영혼이 존재한다.

274 차인에게
무대에서 의미를
부여하는 것이 바로
차의상茶衣裳이다.

275 인류가 차를 마시는 것은
자연에서 얻은
생활의 지혜를
실현시키는 일이다.

276 차인에게
다법茶法이란
차생활을 더욱 돋보이게 하는
기본 바탕이다.

277 차인의 행복은
인간 본연의 순수함을
되찾을 때 다가온다.

278 차인이
사리사욕을 버리면
다도의 경지에
도달할 수 있다.

279 차인이
자기 자신을 낮출 때
통찰의 힘이
생길 뿐만 아니라
그 위상도 높아진다.

280 차인이 추구하는
진정한 소통이란
사람의 마음을 제대로
헤아리는 것을 의미한다.

281 **차인지가**茶人之家의 차실은
가족을 건강하게 하고
행복하게 하는
정신적 문화공간이다.

282 **차문화**는
인간의 의식주와 정신세계에
깊이 파고들어
세상을 잇는 차원 높은
융합문화이다.

283 몸과 마음을 바르게 하는데
차만한 것이 없고
삶의 윤기를 얻는 데도
차만한 것이 없다.

284 차인은
차를 마음의 양식으로
삼아야 한다.

285 차인의 언행言行은
깊은 물처럼
잔잔해야 한다.

286 차에는
차가움이나 뜨거움을
따뜻함으로 바꾸어주는
신비한 힘이 있다.

287 차인은
조금 불편하게 살더라도
차인답게 살아야 한다.

288 맑은 차생활이란
스스로 하는
이다수신以茶修身의
생활을 말한다.

289 차는
함께하는 사람과 하나 되는
공유정서를
만드는 힘이 있다.

290 차인에게
차문화는
삶의 질을 높여주는
결정적인 요소가 된다.

291 **차인**은
내일을 사는 지혜를
차문화에서 찾고
새로운 삶의 에너지를
다도에서 얻는다.

292 **차문화**를 연구한다는 것은
궁극적으로 **민족정신**과
선비정신의 **뿌리**를
만나는 것에 의미가 있다.

293 차인에게
모든 가치는
차문화에서 비롯된다.

294 차인은
자기계발을 위해
머물지 말고 계속 나아가되
계산하지 말고
극복해 나아가야 한다.

295 차인으로서
차에 대한 열정은
세상이 밀어내지 않는 한
꺼지지 않는 불과 같아야 한다.

296 차는
마음을 다스리는 데
없어서는 안 될
정신적 귀의처다.

297 차와
잘 어울리는 사람이
곧 차인이다.

298 다례문화茶禮文化에서
존중과 배려와 화합은
바로 차정신이다.

299 차인은
찻잔에 마음을 담지만
결코 기교를 담지 않는다.

300 진정한 차인은
존재 자체만으로도
빛나는 사람이다.

301 **다수생활**茶修生活을
오래하면
내면의 새로운 세계가 생긴다.

302 **차인**이
차 한 잔을 하는 **차시간**은
마음까지 정화되는
행복한 시간이다.

303 차인이

차 한 잔을 마시면

몸과 마음의 찌꺼기를

씻어내는 것 같아 행복하다.

304 지혜로운 차인이란

자신이 행복하다는 것을

깨달은 사람이다.

305 좋은 차인은

한 송이 차꽃 같이

삶을 맑고 향기롭게 살려고

노력한다.

306 차는

모든 사람들에게

문화적 욕구를 여유롭게

충족시킬 수 있는

고급문화이다.

307 차인은
늘 공경심恭敬心을 가지고
윗사람의 마음을
헤아릴 줄 알아야 한다.

308 차인은
누구에게도
숙적宿敵이 되어서는
안 된다.

309 자신의 삶을
의미 있게 변화시키는
공부가
바로 **다도교육**이다.

310 **차인**은
차가 인생에 있어서
고마운 **은인**恩人이
되어야 한다.

311 차인은

인생에서 가장 중요한 것

하나를 들라면

바로 차문화가 되어야 한다.

312 차실은

차와 자신의 꿈이 공존하는

문화공간이다.

313 차는

자연을 품고

사람을 품고

문화를 품고

역사를 품는다.

314 다도茶道는

자기를

찾아가는 길이다.

315 차인은

차를 통한

수행자修行者이다.

316 차인의

하루하루는

모든 것이

차문화와 연결되어 있다.

317 차는
차인에게
가족 같은 존재이다.

318 차생활을 통해
이다수심 以茶修心 하는
그 자체가 큰 공부다.

319 찻자리는
늘 감사와
나눔을 실천하는
시간이 되어야 한다.

320 다도생활은
스스로에 대한
다짐의 시간이
되어야 한다.

321 **차인**은
사회에 차문화를
널리 알리고
기부하는 사람이다.

---

322 **차**에 입문하는 것은
다도를 하면
삶이 더욱 풍요로워진다는
믿음이 있기 때문이다.

323 차시간茶時間은
통찰을 얻는 중요한
수행의 시간이
되어야 한다.

324 차인이 쓰는
다구茶具는
소통과
수행의 매체이다.

325 차수행을 통해
깨달음과 감동을
가까이에 두는 차인이
다수茶壽를 누린다.

326 차인은
행다와 이론 학습에
길들여져야 한다.

327 다도는
차인이 차인답게
사는 것에
그 핵심이 있다.

328 차인에게
행복의 열쇠는
바로 차문화에 있다.

329 차실은
차인들의 수행처요
놀이터가 되어야 한다.

330 차는
자연의 이치와
사람의 이치가 혼합된
정신의 결정체다.

331 **차인**은
차가 위대하다는 것을
잘 아는 사람이다.

332 **차인**에게
차정신이 없으면
쉽게 무너진다.

333 차인이

차정신을 잃으면

모든 것을 다 잃게 된다.

334 차생활은

자기 수행, 자기 정진

자기 정화

진정한 차인이 되기 위한

수련생활을 말한다.

335 차문화를
가꾸는 사람이
진정한 차인이다.

336 차생활을 하면서
끝까지 손잡고
가야하는 것 중에서
가장 가치 있는 것은
차인의 정서와 차정신이다.

337 겸손은

하심下心에서 나오고

차인의 품격은

다심茶心에서 나온다.

338 차인이

체계적인 다론茶論을 지니는 것은

산과 들에

꽃이 피는 것과 같다.

339 차인은
뜻있는 삶을 살기 위해
늘 겸손해야 한다.

340 행다는
차문화의 꽃이요
다학茶學은
행다의 뿌리다.

341 차인에게 찻그릇은
떼어놓을 수 없는
낭만의 도구요
차정신의 도구다.

342 삶의 깊이를 더하는 차는
행복한 삶의
중요한 밑거름이 된다.

343 차를 우리면
차의 성정性情을
닮는다.

344 차인은
자기 확장을 위해
정서적 지원을
아끼지 않아야 한다.

345 차인의

자기 성찰은

차인의 품위를

지키게 해준다.

346 차는

마음을 닦아주고

정신을 길러주는

영약이다.

347 기다림으로 만난 차는
인내를 배우고
여유를 배우고
감사를 배우고
행복을 느끼게 한다.

348 전통 차생활은
힐링 여행과 같은
효과를 얻을 수 있다.

349 차의 세계에서 볼 때
전통다도를 하는 차인이야말로
진정한 모국의 자식들이며
자랑스러운 참된 한국인이다.

350 전통 차문화는
사람다운 삶을 살게 하는
정신문화이다.

351 명선다도瞑禪茶道는
검소함의 바탕 위에
느림의 미학과 절제미의
절묘한 아름다움이 담겨 있다.

352 차문화란
차를 정성으로 우릴 때
비로소 감동시키는
정신문화다.

353 차인에게
삶의 가장 행복한 시간은
큰 마음을 만드는
차시간茶時間이다.

354 한국의 전통다도는
한국인의 자존심이
되어야 한다.

355 선차禪茶는
묵언수행이요
의식 행다는
다도수행이다.

356 명선차瞑禪茶는
다수성취茶修成就에 있고
풍류차는
호연지기浩然之氣에 있다.

357 차인은

늘 배우고 익히는

마음으로 살아야 한다.

358 선다인禪茶人은

어떻게 사느냐

어떻게 죽느냐를

초월한 다인이다.

359 **다도**란

나물 먹고

물 마시는 생활이며

이런 차생활을 통해

성찰의 **향기**를

맛보는 사람이

바로 **선다인**禪茶人이다.

360 차인은

모름지기

맑은 눈을 가지고

지혜로운 귀를 가지고

기쁘고 덕스러운 말만 하는

입을 가지고

세상의 갈등을 해소할 수 있는

마음을 가져야 한다.

361

하늘에도 길이 있고
바람에도 길이 있고
물에도 길이 있고
인륜人倫에도 길이 있고
차茶에도 길茶路이 있고
찻상에도 길이 있다.

362 차의 으뜸인

차나무茶樹의 새싹은

하늘로부터

양의 기운天氣을 받아

음의 성질로 자라지만

따뜻한 물로 우려 마시면

찬 성질이 아닌

양의 차가 된다.

363 **차**를 혼자 마시면
친구가 되어 주고
사랑하는 사람과 마시면
사랑의 **향기**를
더해 주며
모두가 더불어 마시면
삶이 저절로 풍요로워진다.

364 **차인**은

채워진 것에 대한

고마움을 잊어서는 안 되며

채우고 싶은 갈증이 있다면

수신이다修身以茶로

해결해야 한다.

365 능다인能茶人은

차나무의 줄기처럼 곧으며

푸른 순을 만들고

차향처럼

그윽한 향기를 뿜어내며

차의 맛처럼

부드러운 맛을 갖춘

이 사회의

아름다운 이정표다.

주요 프로필

- **성명** 최정수(崔正秀)
- **아호**(雅號) 구산(丘山)
- **차호**(茶號) 차샘

- **경력** 1976~1996년 대구 수성구 능인고등학교 국어교사 역임. 고교생 '幽茶會' 운영

  1984년 '대구교원 사진연구회' 창립, 초대회장 역임

  1985년 '대구중등교원 다도연구회' 초대회장 역임

  1986년 '영남차회' 창립, 초대회장 역임

  1988년 '대구중등교원 문예연구회' 회장 역임

  1989년 '차문화연구가'로 활동(현)

  1991년~2000년 '丘山傳統文化研究院' 운영

  1992년 대구 KBS 1-TV 향토기적 「최정수씨의 茶人日記」 1시간 다큐멘터리 방영(10월 23일)

  1995년 '대구난우회' 회장 역임

1996년 '한국차학회' 이사 역임

1998년 '(사)우리차문화연합회' 창립
　　초대 상근이사 역임

2000년 '사단법인 한국홍익茶문화원' 설립
　　다도·예절 전문교육원 및 홍익다도대학원 운영(현)

2001～2002년 '홍익차문화제' 개최 중
　　차문화 사진작품전 2회
　　차나무 분재 작품전시 2회
　　(장소 : 대구관광정보센터)

2006년 「문예한국」 '詩문학'으로 등단
　　(사)한국문인협회 · 대구문인협회
　　일일문학회 회원(현, 文人茶道家)

2007년 대구광역시 교육청 주관, 특수 고등학교
「茶道 인정 교과서」 감수 및 심사협의회 위원장 역임
2012년 한국차를 빛낸 1세대 원로차인으로
선정되어 「한국의 근현대 차인열전」에
수록됨(김태연 지음, 이른아침 출판)
2015년 매일신문 '인터뷰 通' 전면 다도기사 게재
(7월 4일)
2016년 '사단법인 한국차중앙협의회' 이사(현)
2016년 '대구 8개 차 법인체 협의회' 고문(현)
2016년 '재단법인 송곡문화장학재단' 이사(현)

■ **저서** 1982년 「茶란 무엇인가」 발간
1987년 「가정에서 차나무 가꾸기」 발행
1985~1992년 무크지 「茶衆」 1 · 2호 및 「幽茶」 5권 발행
2017년 차문화 시집 「차 한잔」 과 「茶訓集」 발행(해조음 출판)

■ **차문화원 운영** '사단법인 한국홍익차문화원' 부설 전국 차 전문
교육원 9개 차회와 지회, 홍익다도 사범회 운영
'차인' 육성과 '다도 전문사범' 자격증 수여(제33기
배출) 국내외 차행사 개최 등

■ **차인 활동** 차단체 · 대학교(원) · 공무원 교육원 · 문화센터
기업체 출강 및 전담교수 역임
고운 최치원 차인상 제정
팔공산 차나무 이식 등

■ **차봉사 활동** 각종 다서 · 차사진 · 차엽서 제작 배부
차씨앗 · 차나무 묘목
차분 · 차와 다기 · 차노래(헌다송 · 유다송) 등 보급
차문화 특강 등의 활동을 전개함

2017년 3월 1일 초판 1쇄 인쇄
2017년 3월 10일 초판 1쇄 펴냄

지은이 | 차샘 최정수
펴낸이 | 이철순
편　집 | 배현진, 김보람
디자인 | 이성빈

펴낸곳 | 해조음
등　록 | 2003년 5월 20일 제 4-155호
주　소 | 대구광역시 중구 남산로13길 17 보성황실타운 109동 101호
전　화 | 053-624-5586
팩　스 | 053-624-5587
e-mail | bubryun@hanmail.net

ISBN 978-89-92745-59-8 00810
• 잘못된 책은 바꾸어 드립니다. • 책값은 뒤표지에 있습니다.